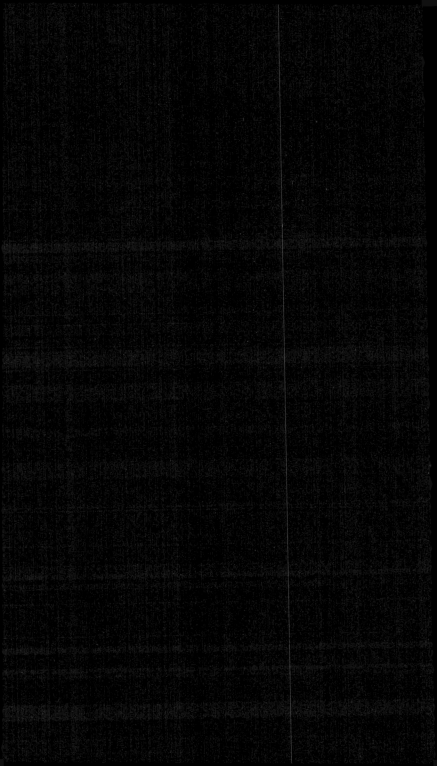

데모

하혜희 지음

봄날의책

일러두기

한 편의 시가 다음 면으로 이어질 때 연이 나뉘면 여섯 번째 행에서,
연이 나뉘지 않으면 첫 번째 행에서 시작한다.

머리시 — 진실로

이제 배경음악 작아지고 좌중 조금 앞으로
무엇이 나오든 궁금치 않을 장터에 들고 읽는 큐 카드
들어라! 이런 것이라도

인천에서 출생, 『더 멀리』 4호로 활동 시작, 동인 공동창작
전선 소속, 그런 소속이 아니며, 활동을 시작한 적 없고, 태어
나지도 않았다
용사, 사람 중에 적이 없는
혜희는 이것들을 쓰지 않았다

실존하지 않는 혜희는 어느 날 자신이 세계에 등장할 수 있
음을 알았고, 자신의 이름으로 허락했습니다
나아가라
말하는 모든 것과 모든 말 못 하는 것들의 친구이자 손님
대체 가능하다고 믿어지는 이들의 최고 사자 참칭
공산주의자 — 옛 연인
화자 대리
지난날 포기하고 그러켠 것은 우리
백악마, 회심한
그리하겠나이다
선대의 슬픔 위에서 후대의 격노 뒤에서

일이 이렇게 되었다 점점 더 또렷이 점점 더 분명히, 점점 더 널리 점점 더 가까이, 점점 더 우리에게, 사람들에게, 사람이 아닌 것들에게, 산 것들과 아닌 것들, 있는 것들과 없는 것들에게, 나와 너에게, 충분하게 도래해버린

우리 계급을 위해

앞날에까지 미쳐야 진실이라던데

들날짐승과 벌레들 야유, 다시 음악 커지며, 사회자가 뻗친 손, 입장로는

어디에? 두리번대는 우리의 얼굴 이리저리로 막힌 암흑을 쏘는 탐조등 멋대로의 좌석 대가리들 가장자리로부터

계급의 스타가 떨어지는데 혜희의 뻗친 손가락이 그것을 붙드네

모두 죽을 것이다!

차례

1

청색광

새에게는 가루 하나도 주지 않고
말하기를 하루도 그칠 수가 없다고 하는
영원한 것만을 삼키려 하고
내일을 견딜 수가 없다고 하는 생활
온수를 만들어 온수를 마신 뒤
발을 켠 채 눈 감는 것은
원한 일이 아니지만 싫은 일도 아니다
내가 했던 일을 네가 한다는 것은 글쎄
다르다고 하지 않았니
설득하러 꿈에 나오는
없는 나의 친구들
씻지 못하는 친구들이 인간을 떠나라고
다르다고
지하에, 화염에 내려졌다가
말을 해, 얼마 남지도 않았는데, 말을 하라고
하지 못하고 나를 남기는 친구들
식료를 자르고 식료를 담는 저녁이 있었지
비누를 비비다가 먹어버리고 싶은 아침도
버스가 정류장을 지나면서는
살기 싫은 창밖뿐인 점
너는 어느 편이야, 죽는 편이야, 나라는 나라에
문양과 같은 벌레가 앉았다가

가리켰다가 손을 흔들었다가 가리키고 손을 흔들었다가

어떻게 알겠어, 모두가 안다, 모두가 어떻게
물과 불 사이에 철이 있고
나도 있어서 닿아 있다
노을의 저편에는 찢어져 드러난 파랑
저것은 어느 날이든 아무 데 엎드려 울지 않고
입 너머를 가렸다가 보인다고 하는
빛이야, 끝이야, 다름이야

회전력

그것은 내가 늙었을 때의 일이었습니다
의자를 들고 나와 나무며
행인들을 보고 있었습니다
세상이 바뀌었어요
라는 말은 다가온 젊은이가 이것을
말해주지 않으면 안 되겠다는 듯이 했던
말이었습니다 그때는
벌떡 일어났지 뭡니까 저도 모르게, 지금은
물을 머리에 끼얹고 싶다고 물을 머리에
끼얹고 싶다고 생각합니다 젊은이와 함께 눈물이나 흘
릴 것을
주제의 전진을 나도 믿는다고 말해줄 것을
그러지도 못하고 나는 주스를 사 주었을 뿐입니다
떼죽음을 생각했습니다
나는 내 방에 누운 나를 생각했어요
어찌나 서러웠는지 모릅니다
우리가 맞았다는 사실이
떠오릅니다
다 죽였느냐고, 전부 다
죽인 것이 맞냐고 차마 묻지는 못하고
얼마나 바뀌었지요? 묻고 말았는데
전부 다요, 답하는 젊은이의 낯에는 씻을 수 없는 슬픔

씻을 수 없는 슬픔

우리는 정말로 이겼던 것입니다 잠에서 깨어난 듯이
나는 묶던 것을 마저 묶고 신던 것을 마저 신고
밀던 것을 마저 밀었지요 생각을, 그리고 이곳
선 채로 나는 사후의 세계를
밟았습니다 받을 것을 받기 위해서
모양이 나아가던 것을 기억합니다
매끈한 얼굴을 더듬는
나의 손은 가볍습니다 밀어봅니다
끝나고 싶지 않은데요

거머리의 형상 자백

왜 이다지도 저주받은 형상 왜 이런
안쪽에 우단이 깔린 방
공장
재단사들 팔토시의 형상, 모든 사악한 것들 중에서도
가장 천한 형상, 영겁을 참은 듯한 벌의 형상
죽 같은 혼돈 속에서 무슨 죄를 저질렀는가, 이후로 왜
이런, 왜 주홍 띠를, 입술은 어째서 또 이렇게, 왜 이런 무
고한 형상으로 어떤 죄에도 온당치 않은 벌 같은 형상으
로, 복수의 시간만을 기다리는
필멸의 형상으로, 작은 형상으로, 무한한 억울함을 영원
히 이겨내며 영원히 울고 있는 형상으로, 영영 소리 내지
않는 형상으로, 물속의 가장 물 아닌 형상으로, 심연의 형
상으로, 하필이면 왜 그런 마음 비슷한 것도 없는
형상으로, 형상을 필요로 하는지
너는 자백해야만 한다
너는 냉담하게 나를 감각하고만 있는데, 내가 왜 이렇게
성급히 묻고 있는지 그에 대해서도 반드시
자백해야만 하고 용서 없이 붙들려야만 한다
네가 왜 자백해야만 하는지를, 네 검은 형상 안에서부터
막 속의 신화에서부터 통한의 기둥에서부터
네 현대적 형상 안쪽에서부터
불타는 바깥으로

생명 충격

　이제야 힘을 손에 넣은 사람의 떴는지 감았는지 모를 눈에서
　빛나는 눈물이라고 생각했던 것은 조명의 광선
　움직였는지 어쨌는지 모를 벌레 마른 것 같은 손가락이
　가리켰다고 생각했지만 놓여 있는 것이었다
　사람의 발생을 막을 수 없고 종료도 막을 수 없네
　애써 산 사람에 상기시키는 그 사람은
　좋은 옷을 입고 누워 놀랄 것이 없음을 알라 하고
　집 없던 한 사람이 마지막 기회를 얻어
　운명을 걸고 도박을 해 여기 관을 따냈다
　그것은 생명, 그것은 충격
　그것은 전부 늦은 일
　이른 일
　곡소리가 듣기에 나쁘지 않다
　간다면 가게 하라 못살게 굴던 너희 모두를
　남겨두고 이제야 힘을 손에 넣은 나의 감았는지 떴는지 모를 눈에서
　읽어낼 수 있는 것은 동물도 아니고 천국도 아니고 나의 것도 아닌 것
　죽으면 끝이고 명복도 빌 것 없다
　너희라는 저승을 여기에 두고
　먼저 간다 개놈들아 죽음의 지혜에!

드디어 분이 되며 무릎도 펴지는 중

생명

충격

생명

충격

공중 들림

이제야 이빨들 전부를 쥐고 있다
팔을 쭉 뻗으면
수도 없이 쓰러졌다

뜨겁게 만들어 빠르게 먹었다
끼니는 냄새나는 것이라
가 있을 곳도 없었고

그래요 그래요 했다 남은 것도 없었고
돌아보면 잘한 일이 없었다
돈 생각을 했었다 돈은 이제 됐어

병에 걸리고 있고 병드는 것이 두렵지도 않다
팔을 쭉 뻗고 수도 없이 쓰러졌다
손안에 남은 것은
무너진 신전들 전부

이제야 손에 넣은 힘
내 세대의 공실
침착함
열선
이상한 일 없다

추모 공원

젊은이를
더 나쁘게
더 나쁘게

미래에 대해서는 다 아는 채로
고통이라면 넘어서기 시작한다
지난날을 골랐다 믿으면서
고백치 못할 일을 쌓아가고

이걸 막지도 못하네, 소음, 발걸음, 먼지 구덩이
좌판 위의 평화, 평화
평화를, 사랑을
아니 평화를, 죽음을!
꽃을, 다발을

죽은 이들끼리 모아두는 일이 무어가 나쁘냐
우린 저승에 대해서는 다 안다
생활에 대해서도
어제를 모른다 뿐이지
당기면 당겨지는 끈처럼
비유로 설명하면 화가 나고
그들은 여기 없어

부랑하던 시공을 초월하면서, 젊은이, 벌써 죽은 것 같아
비상사태로 오르는 중이네 안 잡히는 연기처럼
나쁜 우리가 나쁜 우리 뒤로 붙고 앞으로 붙고
납골당을 떠나면서 쏟아지는 빛과 잠
그러지 않는 함과 재

어깨를 부수는 평화, 도리가 없는
우리는 그것을 그렇게는 신경 안 써

요양원 전통

미래는 종합되고 내게도 전망이 있다
죽어야겠다고 말하는 오후에도
눈 깜짝 않던 당신
친구들은 떨어져 죽고 매달려 죽고
타서 죽고 병들어 죽고 그냥저냥 죽다
그리운 분, 머리띠를 하고 드러눕네
공중에 대고 말하기, 공중에 말하기
이뤄지지 않은 타당함을
공중에 대고 말하기, 공중에 대고
말했던 당신
벽의 단단함 유리의 얇음
유리 벽의 단단함, 당신은 타는 듯하고
미는 듯하다 당신은 너무 긴 암시
너무 얇은 장면, 점점 커지는 날붙이로
너무 많이 누르시네, 그만
가르쳐주세요, 기저귀를 입고 당신 품으로 뛰어드는
친구들은 사람들, 사람들은 이렇게 저렇게 오가고
당신의 눈알은 담긴 곳 없다
쓰러지는 각도로 이끄시는 당신
당신의 관이 언덕에서 구르며
리듬 있게 부서진다고 하는
전망이 내게는 있다

당신은 먼 날의 시골길, 붕어들의 구부러짐
복수의 손잡이를 잡은, 당신은 잘 마른
복수의 손잡이시고
다리이시고
중력이시네

소설

이 소리가 어디서 나는지 알아야겠다
그 길을 지나며 오른편에서 나타나는 그림자
껴안고 대하를 까먹는 사람들
다리가 많은 생물
사람 아닌 것을 우리에 더하여
우리는 점점 더 나아진다?
질릴 때까지 서로를 열면서

알고 있는지,
젊은이들이 날마다 새 성서를 쓴다고 하는
날마다 서로의 성서를 돌려 본다고 하는 두려운 사실을
한 절을 읽어볼게
너는 아무것도 모르노라 / 내가 죽기를 바라노라 / 우리
는 아름답지 못하도다!
요즘 그들은 좀 멋지다
그들이 도처에서 죽게 되지나 않을까 두렵다 드러누운
동물처럼 아름다운 자세로
약간 어두운 곳 불가에서 매운 차를 마시다가 겨우 편
안해진 자세로
생각을 해봤다고 말하지나 않을까
죽음에 대해서

이 도시로 철도가 지날 예정이란 이야기
호박밭의 고요를 뚫어져라 보았다
생각한 적 없다고 말하지나 않을까
말하지 않기로 하지나 않을까
아무것도 읽지 않기로 하지나
너는 아무것도 모른다
어째서 죽게 되지 않을까

생각을 해봤다
이 도시는 빛으로 덮일 예정이다
더 긴 젊음으로
우리, 사람 아니게 되고
더 많은 손으로
더 많이 먹게 된다 / 더 많은 입으로 / 더 많은 공간과 /
눈과 귀는 더 말할 것도 없거니와 / 새로운 역사와 / 새로
운 거짓말과 / 우리의 마성이
  우리의 머리를 내려 쪼개는 것을
  더 오래 곱씹고 있다 더 오래

아주 긴 밤을 보냈다

아주 긴 밤을 보냈다
복도에서 말장난했다
저희끼리, 밖에서 번개가 내리는 동안에
아무 소리도 분간할 수 없는 동안에, 앉아 있었다
저희가 웃는 동안에, 옆얼굴이 깜빡거리며
기도문을 지었다
긴 저희의 병도 언젠가 끝납니다, 기관차들이 지하로 쏟
아져
내리면서 그 수배 객차들이 함께
가듯이 저희도 갑니다 정신을 물고 물린 채
내리는 저희의
여전한 피난, 폭격 없이는 떠들 수 없는
창밖 없이는 떠들 수 없는, 저희는 박살 난 말의 불만
들고
어두운 지경에 빨려들어야만
합니까, 승객들은 언제까지나
자는 척해야 합니까, 조리가 없는 지경까지
가야 합니까 저희는, 저희가
일출 속도로 졸고 있는 동안에
깜빡이는 다리들, 빼놓은 이빨들
저희는, 저희가 멈추지 못합니다 멈추지 못하는
이 언덕의 내부

기쁨의 복잡한 터널로부터
일단의 요양사들께서 튀어나와
밥을 나눠 주시기 전까지는

설계의 전당

차려입고서 으슥한 곳으로 갔지
누가 보기라도 했으면 그 사람은 불쾌했을 거다
그래서 원래는 혼자 하려 했는데
너한테만 보여주는 거야
네가 없는 듯이 해볼게

네가 없는 듯이는 못 했다
골목에서 나와 입술을 잡으며
늙은이여, 자네를 얼마나 부러워하고 있는지 알고 있니
앞날이라는 게 없는 듯이 굴고 싶네 넝마 위에 뒹구는
자네처럼
　보여주면 안 되는 걸 보여주고 말야
　하면 안 되는 말을 하면서
　앞으로 옆으로 구르며

이 작전은 악의 작전이고
이기는 작전이야, 이겨
너는 유일신이고 정신을 잃는다
나도 많은 것을 잃었네, 늙은이
우리를 합쳐 빈민이라 부르던데

나는 우리가 좋아 거의 찬양하고 있어 그래서 어두운
곳에도 다녔지
　지금도 다닌다 자네는 어디로 가고 있어 저는 나가고
있어요
　그래 나가고 있니
　저곳 말이지
　내게도 보인다 네가 가지 못하는 네 집
　너는 여기서 분변을 쥐고 있는데 말야
　그렇지 나한테도 보인다, 멱살을 그만 놓도록 해
　저곳이 내 심기를 거스르고 있다
　네 색 빠진 손도

　이제 자네도 모르는 자네의 자녀들을
　어떻게 해버릴 참인데
　지금까지는 아무것도 아닌 거야
　하고 네가 보여준 것은
　연기를 뿜고 있는 소맷부리였다

정원수

교리책을 펼치면 무릎에서 좋은 냄새가 났지
네가 가져올 네 몸을 거꾸로 넘기며 기다렸다
응접은 이루어진다고 믿으면서

살며 행운은 많아야 두 번
그다음은 연속 너
이 몸은 세 번째의 불행으로 들리고 꺾이네

너, 새와 벌레 아니고
죽으며 그립지도 않은 것, 날개처럼 오가는 것 아니고
먼 곳에서 온 자갈, 광물, 번개처럼 귀한 것 아니고
물불처럼 춤추는 것 아니고

너는 상자처럼 열렸다가 쌓이는 것, 쌓였다가 팔리는 것
아니고
  지하도 하늘도, 우리 중으로 모이는 것 아니고 연장처럼
  줠 것도 아니고, 까마득한 각자 잠에 부딪혀 흩어지는
추억, 떠도는 곡조나 금과 같은 것
  아니고, 번쩍이거나 암중의
  주인가, 그처럼 좋은 것들 다 아니어서
  너는 죽지 않고
  그러므로 만질 수도 없는
  너는 절단면이 아니고

목에서는 좋은 냄새가 났지
교리책 맨 앞엔
교리책이라고 적혀 있었다
창밖 덤불 속에서
떨고 있는 덤불은
사람이냐 아니냐

명멸

오, 그대도 진실한 것을 아니?
미친 것, 모자란 것, 후줄근한 것, 괴상하고 천한 것들과
피할 수 없이 닿아 있다는 점을 너무 깊이는 생각하지
않고
아주 영리한 생각을 속으로 하면서
그런 줄은 아무한테도 말하지 않고서
그렇게 살고 있니?
잘하고 있는 거다
울면서 돌아다니지 않는 것만 해도 큰 힘이 들지
맞아, 알아, 괜찮게 하고 있다
계산은 힘들어, 맞아, 알아, 나름

만약에 지금 우리가 세계에서 가장 나쁜 이들이고
이전에도 이후에도 우리와 같이 나쁜 이들이 없겠다면
그대의 사는 데에 조금이라도 도움이 되겠니?
그렇다면 그래도 된다
우리는 그런 이들이고
우리가 괜찮다면 괜찮은 거야
코를 막아도 괜찮고 침을 뱉어도 괜찮다
그러지 않는 것만으로도 힘이 들지, 알아
그대의 영혼이 회로처럼 꺼진다 하고 켜진다 하고

오 나도 그대를 알아, 그대의 외로움은 끝이 나야만 해

빰을 대봐, 빰을 대자, 빰을 델 수 있겠니?

우리는 혼내려는 사람들도 아니고 그대를 지켜보지도 않는다

우리를 한군데 모아놓아도 돼

우리가 모퉁이를 밀면서 점점 복잡해지고 어두워져도

깊어지고 복잡해지는 것을 구경하러 와도, 오지 않아도 된다 맞아

그래도 된다 울지나 말아, 제발, 알아

우리가 계속 가르쳐주지 않니 괜찮다고 가르쳐주지 않아?

우리를 너무 깊이 생각하지 말라고 우리를 너무 깊이는 생각지 말라고, 그대

이것을 읽어도 되겠니 읽어도 된다 미친 것

모자란 것이 무엇인지 그대가 알고 우리도 아는, 알아, 그래, 이 일

오, 그대도 진실한 것을 아니? 잘됐구나

오, 그대도 아름다운 것을 알아? 잘됐구나, 오

그대도 슬픔을 알고, 또 분노를 안다고? 잘됐구나 그것들을 우리에게 새겨준 뒤에 그대가

안겨 으스러지는 것은 다음의 일이네

넷째 날에

1

어제까지는 견딜 만했고
그래서 놀라기도 했습니다
넷째 날부터는

그대, 실신한 사람의 핏기 없는 손바닥
구름과 비가, 보다 더한 어떤 것이
닥쳐올 것만 같아요 수로 같은 손금
누구의 것도 아닌 웅덩이로 이어져
아무도 밟은 적 없는
빛나는 바닥을 우리가 상상해보건대
그것은 말씀으로 가득한 지옥일까
그대는 그 위로 나타나 미끄러지는 별과 달과
그보다 더한
우리로, 기절에 다다라
요청한 적도 거부한 적도 없는 날들이
이제 많이 남았다는 것을 알게 돼
함께 팽개쳐진 그대는 그대들, 글자처럼
그날은 평온한 날
아무 짐승이나 껴안아도 되는 날
번개가 떨어지지 않는 우리 골목의
넷째 날

넷째 날에

그 집 개는 배를 주리거나 뼈를 땅에 묻고

비가 내리거나 아니면 맑고

책이 펼쳐지고 뼈가 부서지고

멀리서 피도 남기지 못하고 타버린 이들에게

평화, 평화 있으라 외치며

넷째 날에 그대가

평화! 대문을 차며 집으로 들어서

네 발로 선 개와 먼저 마주치고

펑음, 흐리지도 않은데

정원 잎사귀들에 물방울이 먼저 맺히고

깨어난 우리가 현관에서 머리를 내밀면

너희를 낳은 이들은 여기에 없어, 아직이야?

이적?

아직이냐고

우리는 읽던 책의 읽던 곳에 손가락을 끼운 채 아직이
라고

이적이라고?

아직이라고

번개 치는 외국에 계신 세대가

돌아오지 못하는 넷째 날에 개는 그 집의

개집 속에서 불길한 꿈을 꾸고

동상처럼 분명하게 꾸고, 넷째 날에

비는 잘 내린다
창공을 자전이 밝힌다
밝은 곳에는 염원 있으라
아닌 곳에는 아니고
빗속에서 세계가 구부러진 입술을 여닫음, 아우으, 므으
브, 여닫음과 같이
단추를 만지작거리는 그대의 손끝 지문에 도는 물기가
불을 상상하는 우리의 그림자와 같이 사라지는 사이
밤과 비는 잘 내린다 나라에
각 나라 바깥에
새벽빛이 고일 때까지
상앗빛 싹들이 앞 세대의 관 속을 채워도
울지 말아라 앞 세대야 억울하다고, 억울하다고
군대 같은 빗줄기를 앞세운
새벽은 제왕
그것도 끝없지는 못한데

넷째 날에
그대가 우리 입을 막고 무슨 소리를 낸다
근사한 소리, 입술에 방울을 단 듯이
구전되지 않을 설화를 위해
공중에 새 서약을 새기듯

목덜미들 사이로 서로를 몰아넣으며 서로의 입술들을
만지고
믿을 수 없다는 듯 웃다가, 밀다가, 옷들을 주워
껴입기 시작하고 뒹굴며 일어나고
날리는 재는 무엇이 불탄 탓?
기억에 없다 믿을 수 없이 뜨거운 미래가 이 사이에
쏟아져 내려 넷째 날에, 옛꿈보다 세찬, 모두 맞는 꾸지
람 같은 것, 언제든 진실과 머물지 않았던
그대, 그대는 천구, 그대는 지리, 그대는 그대들

2

그대가 다 자랐기 때문에
태어난 도시로 돌아가야겠다 그대의 빈 얼굴이 찍힌 바
랜 사진을 들고
그대가 태어난 도시로 돌아가야겠다 나라의 수도를 거
닐다 사라진
불덩이 같은 이마를 지닌 다른 젊은이들처럼
전부 그대가 다 자랐기 때문에
역사에 가야겠다 가서 그대의 얼굴을, 그대들이 아름답
기 때문에
선로에 던져버리고
지금이 몇 년이지?
순환선 열차 앞에서 망설여야겠다
푸른 자갈밭을 상상하는
넷째 날에

넝마를 뒤집어쓰고 우리는 배신당하기 직전, 넷째

날에, 약속된 대로 우리는 헤어지기 직전, 귀신의 땅에서 귀신 없는 땅에서

그대가 오기로 되어 있었는데, 이제 우리는 판자를 들고 나뒹굴기 직전

흙더미가 일어서기를 기다려보아도 그럴 리 없다 우리는 자연으로 깨닫는다 끝끝내, 누구에게도 소리 안 지르지 못하면서, 없는 발로

뒤엉킨 발과 손으로, 슬픔을 바랄 수 없는 것과 같이 더는 행복도 바라지 않는, 귀퉁이를 한가득 물고 우리는

그대로 쫓겨나기 직전, 넷째

날에

넷째 날에

터널과 그날 지나 그해 겨울을 지나

터지는 끝에서 미소 짓는 것을

알아? 공중의 입아귀를, 흰 빛살 속에서 어떤 모습으로 오늘이 닥쳐왔는지

말하고 있는 것을 알아, 듣고 있는 것을 알아?

항상 있다 가장 나쁜 곳에 가장 옳은 것이, 그리고 나머지는 나머지들, 그날아

손을 흔들 때 너무 먼 곳의 폭발, 앞으로 오래 저편에서 타오를 구멍 같은 해도

끝없지는 못하고

닫힌 귓바퀴에 떠돌고 있어 링, 어둠 속에서 링, 커져가
는 풍광, 링, 링

보고 있는 것을

알아? 링, 날로부터의 해방, 무늬로부터의

넷째 날에

더는 시각을 기다리지 않고 우연한 얼굴을 그리지 않는

알 수 있을까 파랑 가운데

맞물려 깨진 골통과 선로에 흘러내리는 색채, 선한 명
령, 맞는 인도를 기약 없이 기대하는 우리 죽는 일로의 계
속 소환과 암전을, 도시의 갑자기 무너질 곳을 찾아 도박
하듯 떠돌지 않고

바닥을 더듬다 긁는 손길에 손길을 포개며

알 수 있을까, 넷째 날에

태어나는 일

3

그것은 무슨 뜻이었을까 잠에서 깬 지 하루가 지나지
않았다

물을 마시고 다시 누워 생각해봐도

그것은 무슨 뜻이었을까 고개를 숙이고 우리 속으로 가
라앉으며, 누구였을까 옆에 앉은 그대가 뜨거운 숨으로

좋아하는 사람 있어?

라고 물었던 것은? 있습니다, 흉곽 속으로 싸늘한 손을

밀어넣으며, 우리 감관에 그대 아름다운 혀가 일렁이며 뻗쳐 밀려들었던 일, 이것은 탐사야, 천문이야······

누워 생각해보면, 이제 와 그대들의 손을 붙들어 펴볼 수 없고, 거기 금빛 사과잼을 쥐고 있었을까

무슨 뜻이었을까, 있습니다, 꿈자리는 향기롭고 해골 속은 영영 깜깜하다 눈을 까뒤집어도 그대는 없다 그대의 형태가 기억나지 않는다 그것 말고는, 말씀 말고는, 우리는 내일의 기억이 나지 않는다, 그대는 절대로 고개를 들지 않는다, 우리는 그대와 만난 적이 없다 우리는 외로운 세계가 꾸는 꿈

그대는 속삭이는 그대들

넷째 날에

누구와도 우리는 암흑의 사상을 나누지 않았다

금성

조셉이 꿈에서 깬 것은 재앙과도 같았던 일이었네
조셉은 수줍게 제 이름을 말했었지
외국에서 온 조셉이 다 해먹었네

조셉이 없는 데서 속삭였네
수초를 붙들던 물방개는 의미심장하지 않던가
강가 개들의 등을 만지며
마음의 계승을 막지 못했네
석양에 대고서 약속했네
머리가 이상해진 조셉을 위하여
원수를 갚자고

개들은 물장구를 치다가 떠올랐다
양들이 양들을 먹네, 무서운 일이 아닌가
축제는 끝이 나고 삼각지 너머로 그건 지지
개들이 강가로 나오네 나와서 가네 기어서 먼 별로
모두의 실수로! 좋은 것들은 없는 듯이 보이고
오랜만이네, 복을 받게, 원수를 갚자, 그 말이 인사가 되
고
청금석 같은 저 농토
바닥을 긁는 새해 잠이 여기에 있다 여기, 그리고 여기

다가오는 시간이 다가오고 있는지 알 수 없네
재질이 다른 조셉 앞에서
우리는 언제 처형될 셈인가

죽었기 때문에 잠들지 못하고
조셉은 얼음처럼 누웠다
물장구 소리, 몸조심하게!
수수께끼를 냈다가
떠내려가는 선생들의 몸체와
일터에는 길몽

문화원

시련의 고개 넘어선……
몰라 그런 곳은
서재로
올 것 같은데
무슨 뜻이야
꽃병을 쥐고
왜 그래 왜 그렇게 됐어
올 것 같은데
어쩌다가 그렇게 됐어
현실적으로……
계단참에
나무로 만들어진
놓고 온
밀어버리고 싶은 나라를
저 봄의 꽃나무를
자기를
왜 그렇게 됐어
모르겠어
손을 그렇게 떨면서
왜 다
그렇게 됐어 뭣 때문에
이래도 되는지

알아 다 알아
……가 현실인 것이
무슨 소리야
죽었지 않았어
기억난다 응
기억이 나, 내가
그 현실인 것이

별표

빛들, 후손, 너무들 모여 있는 것이 아니냐

쇠비름이 가득 실린 외발 구루마를 밀며 오는 저것은
무엇의 자식이냐

원래는 별자리로부터 시작하려 했다 개돼지가 있는 정
경으로, 개처럼 먹고 개처럼 구르며, 돼지처럼 치워지고,
돼지처럼 울고, 이제 먹게 해주십시오, 먹지 않겠습니다,
먹지 않을 것입니다, 이제 먹으십시오

하려고 했다

하려 들지는 않고서 다른 걸 할 거야

먼 것이 멀리서만 빛난다

저것이 그와 비슷한 모양으로 오지 않니

별들

후손, 아무도 없는 곳을 보는 개

개의 머리는 연합된 개의 머리

지나치게 못생긴 것을 보고서 마음이 찢어졌니

손과 발의 완벽함 현란함 손과 발의 유능함 완벽함 네
손과 네 발로부터

나는 죽을 거야 이 자리에서, 아니야 나는 살 거야 안
살 거야, 이 모퉁이에서

그렇게 될 거야 되게 해

주십시오, 하려 했다는 것이야 후손, 연합된 우리를 보면

46

저것이 그 비슷한 모양으로 고개를 돌리지 않니 단식하
는 밤에도

사라지는 것은 불멸이라고들 하네, 사라지는 것들에게
축하를 건네고
별들의 밤이 별들의 낮으로, 사소한 재앙으로 꺼지는
불로, 익어가는 고기로
밤의 교복으로, 너나없이 비밀스런 안도를 보더라도
절대 찢어지지 않을 거야
하려 했던 것이다
하지 않을 거야
찢어지겠지만
찢어지면서
너희를 보고 있을 때에 후손, 느낌이라는 선봉대가 온다
고 말하려 했다 그러려 했다는 거야, 건네려고, 다른 걸
할 거야, 그러려 했다는 것이다 굶주린 채로, 여기서
견고한 것이 없다고 말하려 했던 거야, 이것들, 우리들
이 마지막 개돼지라고 멀리
누운 개돼지라고
모여 있다고

후손, 돼지들아 개들아 이래서는 영원히 몸을 흔들다 만
다, 그러지 않고 다른 걸 할 거야
먼저 별표, 어떻게 해도 너희는 그걸 막을 수가 없다 별
이고 표며, 빛이고 멀다
너희는 그렇다는 거야 우리는 서서 내려다보는 우리고
너희의 연한 피부는 별표 뒤에 있다

너희가 나타나기를 막을 수가 없다는 거야, 후손, 우리를
내려다보는 너희는 개틸을 두른 밤의 거인처럼 앉아
따뜻한 돼지 새끼를 안고 있지
그런 너희를 참조하려는 거야 그리고
그러려고 했던 일들, 이게 아닌데, 이게 아닌데
하면서 했던 일들, 번복했던 일들 무너졌던 일들을 데리
고
너희에게 내려가려는 거야, 후손
가볼 수도 없이 너무 먼 곳에
너무 모여 있는 후손

데모 1

방 속에서, 어스름한 때에 눈을 감나니, 내일은 피로할 것이다

일몰이 이렇듯 계속되는구나, 계승되는구나, 멈추지 말 았으면 한다

그 손으로 현시하였으면 한다 너희 그 손으로

일몰 말이다 우리의 것이 아니었지, 앞으로는 아닐 거다 때가 바뀌어 온다

들창 너머에서 모를 것이 울기 시작한다

옛 동물이 타며 이곳을 데웠지

나냐?

밝게 말하자, 말함에는 반드시 다함이 있고

그 방에 모여 이 인간의 머리와 엉덩이를 순차로 보자

사망의 자유를 가지고 이 인간은 태어났습니다 일 초 전에도 그런 일이 있었음이 훗날 만천하에 드러나는 순간 에도 역시

그런 일이 있습니다 그 일의 일 초 전에도 역시

들어간 적 없는 방에서 나오던 때의 두려움을 기억하도 록 합시다 우리는 가련한 색깔이었고

빛은 시시각각 쏟아져 내렸습니다 빛에 대해 다시는 말 하지 맙시다

마음은 관 속에 있다 가리켜 웃고
남은 우리 돌아가며 목을 쳐준다
손날과 손날로 정성 들여 그렇게
충격적인 소식이 하나 있다
단정한 옷 산뜻한 옷을 공중으로부터 얻는다
시계를 얻는다 꽤 정교한 것으로, 이즈음에는 다 그렇지
만
다 그렇지만 공중으로부터 오지만
화염이 관 속에 있다 재를 녹여 우리를
구슬로 만들고 있다
네모난 곳을 나오면서는
어찌 고개를 들 것이며

우리는 아니라 알고 있다 우리를 가리키는 말 너무나
적구나
어찌 된 모양이냐 우리는
우리라 하자, 우리라고, 우리는 땅 밑에 있다 나는 방금
뭐라 했지?
두 번 말해도 그러려니 해라, 세 번 말하면 듣지 못한
것으로
네 번 말하면 두 번 그러려니 하면 된다
잠깐이면 된다, 별을 말할까 밤을 말할까

묻지 말아버릴까 너흴 재촉하기만 할까

도로는 땅 밑에 있다

저 산들이 다가들며 귀를 기울이고 있다니?

먼저 간다

술병은 침대 밑에 있고 농 속에 제리캔이 있다 거기 말이다, 맞아, 라이터도, 라이터가 중요하다 가장 좋은 것으로 넣어라, 믿을 만한 것으로, 알겠니? 믿을 만한, 얇은 옷 몇 장도 찢어 함께, 자리가 남을까 모르겠다

입에 물려도 좋다

오, 이 소리를 알고 있다 저것은 뻐꾸기라 불리는 것이 아니냐

뻐꾹

술병은 침대 밑에 있다 옷은 속옷이 좋겠다

사제는 떠났습니다 가기 전에 많이 울었습니다

안 되는군요, 안 되는가 봅니다

어찌나 표정이 좋지 않던지, 제가 다 눈물이 날 것 같았습니다

물이라도 시원하게 드릴까요? 사제의 소매를 잡았습니다

어쩔 수 없겠습니다 나는 무섭습니다 천국이 무너질까 봐서

그냥 빛에 대해 말합시다

그때에 그 방에 모여

파란 부리 아래 쏟아진 우리
기울어진 공중의
무릎을 겨냥하는 우리
우리는 한 방향으로 뛰는 우리
마름모꼴 공중에서
기도 중인 우리

생매장

혜희는 죽었고 죽은 뒤에 쓴다
자신이 죽었는지 아닌지 잘 모르겠다
잘 모른다 가로등 아래서 모두가 망했다고 생각하지 않
으려고 안간힘을 쓴다
일어나면서 쓴다 죽은 혜희가

슬픔이 더 필요할까 지금보다 더
혜희는 죽어서 잘 모르겠다
혜희가 필요할까
나는 모르고 혜희도 모른다
혜희는 죽었다
역사 아래서 그만

아아, 죽어버릴까
문득 혜희는 그렇게 생각했다 옛날 젊은이들처럼
이런 데에서 이렇게 사느니 말이다
모르는 옛날처럼
버러지처럼 사느니

쓰레기 더미는 보기 좋게 정리되어 있었고
죽은 혜희는 그 위에 누웠다
그러고서 잘 모르겠는데

잘 모르는데, 새벽에 혜희는 죽었고
지혜 위에 쓰러져 슬픔을 모르게 되었다

죽은 뒤에 쓰는
꿈이 혜희를 어둡게 만들며 기억난다
그때부터는 죽은 다음까지 기다릴 수 있었고
생각대로 일어날 수 있었다

두 설교자

환승역 지나 한 칸에서 만난다
다음은 반드시 지상이어야 하고
강을 건너야 한다

달려들 준비를 해라 먼저 까무러치지 말고
원수들께서 속삭이신다 목에 건 수건을
양손으로 잡았다가
양손을 맞잡고서
격돌의 순간

그림자가 교대로 뺨을 때린다
얕고 좁은 물에 투신하는
복수의 신앙심이여
기뻐할 것 없다
인간사야, 인간사야
이렇게 길게 떠들고 있다니
뺨을 보다가
철교를 지나다
쇳내 진동

들은 게 맞다면
무조건 크게

입을 여시자 그것이 있었다고 했던가
한 번

두 번째로 달려들 준비를 해라 피는 흘리지 말고, 원수
들께서
준비하신 연고를 발라주신다
피를 흘리지 말라고
귀를 맞잡고서, 표징의 순간, 현시와 종료의 시간, 안내
와 함께
아치들이 일어선다 벨 소리 속으로
두 설교자가 선 채 빨려든다
증거하려고

증거하라고
그런데도 끝나지 않는다니
운행이 진행되는 동안에만
이 칸에 옳음이 있고
사지와 수족이 있고
몸통과 몸통
눈 코 귀 입
눈 코 귀 입
내민 가슴팍에는 또 제곱의 배지와 눈물
두 설교자
두 성도
두 천사

워십/캠페인

모루 모양 간척지에 너와 내가 있고
손가락 걸며 읊을 때
너와 내가 우리를 내려친다
인간이 되지 않기로 해
울면서 인간처럼
굴지 말기로

꽝
계약으로 단조된 너와 나
절간의 바위는 쪼개고
절간의 도료는 푸르게 푸르게 한다
그러한 약속도 했었지

너는 나의 아이돌이야
너는 네가 올라간 검푸른 무대야
두 번 발을 구르고 세 번 손뼉을 치고
네 번 소리를 치고 다섯 번 운을 맞췄지

별 전부라 하는 올스타가
큰 사건이라 하는 빅 이벤트로
총출동하고 대격돌하는 그런
프로그램을 봤었지, 우리가
개새끼들과도 웃으며 인사했고
참을 수 없을 때까지 참기도 했다
프로로 그램으로
미리 쓰였다니까

국화차 마시고 물피리 불었다
세례도 받았고
신앙도 종교도 있는데
그것이 없다 폭탄과 작전
식민지의 갈매기들에게
줘야만 하는 것

네가 누군가들의
이루지 못한 꿈이냐
아니냐
발끝에 다다라서야
세계를 이해한 것은 우리고

석탄, 철교, 폭죽, 축제
너와 나는 선로 위에 있고
너와 내가 우리를 통과한다
서로의 남은 손으로 하나 풍선을 나눠서 들고
증기며 전류 지나, 우리의 부푸는 염원을 동강 내러 가자
겁이며 관 속을 들여다보지 않고
그럴 수 있겠니

눈물 없이
네가 할 수 있으면
나도 할 수 있다 우리가
부족함 없이 자라서
본 적이 없다 하는 캠페인
사출된 우리가 하늘에 있고
우리의 포구가 너와 나를 내려친다
오늘날
그것이 되지 않기로 해
사람이 되지 않기로

전쟁기념관

이 계절 새들은 혼자 나타나지 않고 적어도 둘씩 근방
에 있군 서로를 부르는 탓인지?
많은 경우 나타나지도 않는다 새가 아니라 새들, 저것은
기념관 바깥의 새들
벽을 끼고 돌면 나무가 한 그루, 거기에 어떻게 나무인
가 이 지경에 와서도
나무가 한 그루 반드시 있네 그래야만 하네 나무 안에
는 나무와 비슷한 것
새소리 곁에는 새소리 비슷한 것
다시 기념관 바깥의 나무들 안쪽의 나무들
그곳에는 못도 있고

전쟁기념관에 왔군 수중의 돌이 점점 어두워지는 걸 보
려고
기념관의 자연 속에서 바퀴와 날개 따위가 바래고 다시
칠해지는 것을 보려고

죽자 살자 계란프라이만 먹었다 돈 빌렸다 갚지는 않고
잔고를 확인치 않고
도박하는 마음으로
산 계란에
밥 먹고 전쟁기념관에 왔네

잠이란 것은 왜 있어서 어제의 결심을 흐리게 하는가
언어먹고 빌어먹었다 돈 없었으니까
없어도 일하지 않았다 돈 벌지 않았다
다 전쟁기념관에 오려고 그랬던 것이군
전쟁기념관에 오려고

빛은 물 아래 앉았다
그렇게 보였다는 이야기다
식물은 슬프지 않다, 그중 특히 나무들
그렇게 보인다는 이야기다
그렇게 전쟁기념관에서 떠올리고 그 외엔 아무 생각도
없네
그리고 전쟁기념관에 놓인 젊은이들, 폭탄들, 노인들
외국인과
경비들이 모두

물에 대고 묻는다, 실은 안 묻는군 이렇게
그들은 혼자 나타나지 않고 적어도 둘씩 근방에 있네
서로를 부르는 탓인지?
안 들을 얘기를 또 하고 끝난 싸움을 또 하고 더 무엇을
낳으려고 무엇을 더 흔들려고
기념관에서 기념비를 보고
기념식수 된 사상 밑에 다다라
이제 아무런 계획도 없는 머리 위로 묵념의 폭풍

예례띡

공학자의 방에 잠시 누웠다
침대에서는 가감하지 않았다
문과 창을 오갔다
소리 내지 않았다
영혼의 문제를 알아냈다
동료를 만들지 않았다
어떤 아픔도 화장실에서
전부 감내할 수 있었다
더러움을 전부
수습할 수 있었다
기분 좋게 위치의 계산에
골몰했다
너무 아팠지만

아마도 손
또는 발인가, 처음엔 머리로 추측했다
지난달 손을 잃고 퇴사한 기사에게 영혼이 없다고 할
수는 없는 노릇이었으므로
손은 아니었다
머리의 경우는 어떤가 주워 붙여 꿰맨다면 사라진 된가,
만약 사라지지 않는다면, 피라면, 몸통이라면, 그래 육신
이라면, 거기에 담겨 유지되는 것이라면 영혼이 유지의 다

른 이름이라면, 그렇다면 추억이며, 자연사로 난 오솔길,
그러나 망각되는 경우는

　그곳이 아니었고

　그것이 있다면 생명과 무관한, 그 반대쪽에서 오는 힘일
수밖에 없다 예를 들면 삽화 속 서가의 책등, 뻗을수록 닿
을 수 없는 속도의 저편, 불가해를 향해 자신 밀기, 선대
가 이생에 꾀한 것이 이후까지 이뤄지지 않음이고, 그것을
어떤 설명도 돕지 않는 통계라, 천장 없는 연구소라, 누를
수 없는 진리의 모서리라, 관측하기엔 너무 큰 쐐기돌이
라, 차라리 불멸의 다른 말이라 하자, 하면

　영혼은 불멸의 영혼이어야만 한다

　이제는 그것이 어둡지 않은 어떤 것일 수 없음을 안다
　사랑하는 이단자야
　네게 영혼이 없어서 질투했다
　네가 나를 질투하듯이
　언젠가 이 방과 네 집의 고통이 같고
　너와 나 사이에 회오리치는 토씨들
　세상, 매질, 하나
　둘, 셋
　불을 끄자 모두의 지능이 팔짱 엮네
　불가능한 종족이 열 지어 나오며 외는 송가
　시간이로다 그 시간이로다
　기다리던 이방
　생물을 요리로 만들고 나서
　마음을 놓고 동료와 잤다

새벽송

친구가 탄 전철이 먼 길을 달려
잿더미로 되고 있는 거리에 도착합니까
벌거벗은 선로들이 쏟아져 나와
쇠의 굉음으로 구역을 그러줍니까

얼굴 크기만큼 창을 연
친구가 무슨 말을 하려는지 보이십니까
친구가 무엇을 보는지
옥상부터 떨어지는 건물
구경 중이던 사람들의 파산

친구는 꼭 도망쳐야만 하겠고
영만이 창가에 남겠습니다
점점 별들이 멀어집니까
무지개천 안에서

친구는 문지방 위에 있습니다
착륙 중인 집집마다 이렇게 높은데
손과 손 넘어 어디로 돌아갑니까
뻗쳐오르는 머리털
휘어지는 전선으로?

밤이거나 낮이거나
너희는 빛나지 말라

여기 이 표식을 봅시다
이것이 무슨 뜻인지
얼마나 붉어졌는지, 교우여
몸들도 세워지는 중

모든 것이 부끄럽고
돌림노래 부릅니다

사자를 보고 있을 때 사자가

심장 마비된 시민들의 바다 건너, 그사이 서늘해진 들판 위로 그것은 종, 산처럼 보인다 거대한 주홍이 놀 속으로 진입한다

불가에 모인 첫 번째 생존 그룹에게 멸망의 오리엔테이션이 시작된다

사자를 보고 있을 때 사자가, 달팽이를 보고 있을 때 재채기의 섬광, 성물을 보고 있을 때 잘 당겨진 현의 영원히 떨리는 황색, 눈 내리는 옛날 동네, 나보다 나이가 많았던 개들, 사자를 보고 있을 때 사자는 메가폰을 들고 주지시킨다

내가 옷을 들추면 너희는 세밀히 보고, 가서 그 모양 그대로 악기 모두를 멸망시켜라 이것은 그분의 모양이다 너희를 알맞은 곳에 쓰심을 온몸으로 기뻐하라

뿜어진 빛에 몇몇은 죽고 몇몇은 기절한다 두 발로 선 나머지가 탄 눈으로 담을 헤집으러 흩어진다 많은 손들이 불 속에서 살라지고 악기들은 어디로 갔을지 모를 일이다

일의 진행을 보려 그것이 고개를 돌릴 때 두려워지고 개들이 흙 묻은 살코기를 바라보고 있을 때 두려워지고

새 두려움이 새 옷을 입고, 새 시간을 확인하려 서로의 시
계를 비교한다 여기에 몇 분 남았는지 아는 이 있나, 순박
한 유령들아 고개를 젓는구나, 아직도 모르느냐, 너희에게
손목이 없다 형광 눈들이 고속도로를 수놓고 있다 별하늘
에 없는 것이 없다 거두어줄 것이다, 나오라, 서치라이트
속에 서본 적 있느냐 거기 발견된 짐승처럼 멈추어라

　사자들의 합창 아래, 네온 폐허 위에서 일은 벌어진다
사자들, 전투기 같은 사자들, 보고 있을 때, 지하에 숨겨둔
아이들은 가위바위보 하고 사자들, 사자들은 불과 연기와
한 음으로 반분한다 코러스가 연달아 추락한다 주먹을 쥐
었던 아이가 잘 구워진다 수색대가 들이닥친다 울음을 터
뜨리며, 마지막 악단도 장대에 꿰어진다 그다음, 그다음
캠프, 또 다음, 밤이 끝나지 않겠다 흑색 마크로 살라진
손들 길 따라 흩뿌려진 다음, 그다음, 가능한 일이다 안락
사된 바다 건너 그사이 서늘해진 들판 가로질러

　공사장마다 앉아 조개껍데기를 주운 너희, 주인집의 개
와 선인장 화분들 지나, 팔을 뻗으며 신음 비슷한 환호,
주인집의 텃밭, 주인집의 마루, 주인집의 티브이 소리, 공
을 차면 공은 앞으로, 모래가 벽으로, 물이 모기로, 리어
카 속의 마른 개똥들, 골목을 가로질러 서고 눕던 그림자,
그 마을은 종, 혹은 산처럼 보인다, 너희는 어디서 와서
왜 가며, 어찌 내가 너희를, 너희를 어떻게 각별히 그 동
네에서 데리고 나왔는지

　사자의 하나가 선회하여 독창한다

우리가 한 번 종말을 노래한 것이 아니라

팔다리를 붙들린다

능지처참된 조각 옆에서 그룹은 올려다본다 묵시되는
주홍 속에서 그들의 시선은 종, 산 너머로 진입한다 사자
들이 앞서 그곳에 인도될 때에 두려워라, 꽁무니로 빛을
뿌리며, 지정된 음으로 비명을 지르며, 도대체 그들은 미
숙했던 적 없이, 항시 완전한 모습에 의한 곡예, 어린이집
의 둥근 음계를 태우는, 사자를 보고 있을 때 사자가, 사
람의 모습을 한 그것이 사람인 것처럼, 사자의 떨어져 나
온 고개가

오열하며 연주해주네, 무너지는 추억들 회전 상승하는
추억들

미싱 머신

사는 반복하여 품을 펼치고 있다
정중하게 초대하고 있다
반복하여 실을 마신 뒤
쇠와 기름을 누고 있다
옳은 주문을 기다리고 있다
준비를 마치고 있다
반복하여
지하실을 밝히고 있다

돌아가는 빛으로 사를 세례하며
별은 천정을 섬기고 있다
별은 있다
별이 없는 곳에서
우리는 하고 있다
하다가 간다
연이어 별나라로
소원을 뒤집어 빼면서
반복하여 자르고 있다

숨을 고르다가
너와 내가 알게 되는 파탄의 바탕
사는 반복하여 눈을 가리고 있다

그것이 작년의 끝이었고
전차 떼가 나타나 날마다 불 지르는 것이
작년의 끝이었고
환해진 잔해 사이에서
합창하는 별들의 초라함
아, 그것이 끝이었고, 사의 패턴 아래
나쁜 짓을 너무 많이 지은 탓에
이렇게밖에 말하지 못함을 알라며
별들이 이어지는데……

옛 엔진 주로

먼저 불빛과 함께 다음 폭발과 같이
행정을 시작하며 쳐들어가며
네가 무엇이 좋든지 네가 무엇이든지
네가 없든지 있지 않든지

쳐들어가며, 밤하늘을 보고
꺼진 방으로 돌아오며
담배 피우려다 말고, 옥상에서 거꾸로
죽으려다 말고 돌아와 바로 누우며
누워 이불 속에서 이게 다 뭐 하는
짓이지? 하고 묻는 네가
너무 추운 그날에, 네게 춥지 않니? 물으며 보이지 않는
별들을 보면 우리의 한계는 파괴당하지
파괴당하지

오래전 우리는 행정을 시작했다 기세를 올리며
아까운 불을 켰고 잘 가는 시계 보며, 옷들을 묶어
앞으로 데려왔다 찬 바닥에 누운 우리가
아까운 밥을 먹고 집행했던 것, 파헤칠 수 있는 것을 파
헤치고
도로 묻었던 것이다, 닦으면서는, 없어졌던 손
내가 무엇이든지, 없든지 있지 않든지

쳐들어왔던 것 세워놓았던 것
이 집 옥상에 사지를 꽂아
보게 했던 것이다, 명령이 우리를 잡으려고
서로 속삭이는 꼴을

그것이 첫째 둘째 행정이었고 우리는 이토록 간단히 있
다
이불 속으로
이불 속에서
하룻밤 만에
되돌아오는
우리의 인내심
우리의 추진력
우리의
추진력

아아 옛 엔진 주로, 오오 옛 엔진 주로
쳐들어가며, 식다가 말고, 묶인 우리가
흩어진 육신을 모아 꺼진 이불 속으로 간다
아아, 오오
먼저 불빛과 함께 다음 폭발과 같이
폭발과
같이

파리에 관하여 설명함

전차로부터 빛과 바람이 일어나면서 마지막으로 적들의 빛깔을 분간하며 흑백이 된다
파리가 되어 별안간 산 자들에게 속삭여야만 하고 적들도 사라지네
유령이 아니었구나, 비명을 올리고 지상을 보면
빠져나온 핏덩이들이 궤도를 껴안으며 적들을 멈춰 세우는 중

파리에 관하여 설명하고 있다
날면서 그들은 돌아갈 곳이 있지 않다고 기쁜 것과 슬픈 것이 없지 않다고
누차 강조한다
유령의 없음과 달리
파리들은 망자에 이어 몸체를 나누어 계시고
기쁜 것도 슬픈 것도 그중에 있다

조용히 말해도 크게 울리는 이 홀에서, 적들은 없고 그 이상의 기적도 없고, 파리들은 서로의 목표를 분별해낼 수 없는
없는 것이다

파리들은 자신의 팔뚝을 만져보며 그로부터 하나의 결과를 도출할 것처럼 군다

예감 같은 건 다 틀린다 다 틀리고, 빛과 바람이 일어나면서

전차 매뉴얼이 빠르게 넘겨지고 글자를 알아볼 수도 없는데

이러다간 모두 전차가 되어버리고 말겠다

도로

설명하고 있다

아무도 안 탄 전차들

파리들이란 즉 나라 잃은 전차들이고, 그건 그런 개념입니다

그걸 주말 내내 설명했다 집에 가지도 못하고

파리 없는 홀에서 파리를 만진 적 없고 파리를 사랑하지도 않는 총천연색 적들에게

내가 그것이라도 된다는 듯 파리에 관하여 설명하고 있을 때

휘장은 드리워졌을 뿐 가만히 있네

등 위의 밤

대깁니까?
대기

측각수를 따라 언덕으로 갔습니다
탄약차 안은 어둠과 포탄으로 가득했습니다
깨면 꿈일 것 같았습니다
내 기억이 잘못했습니까?

지금은 밤입니다
남은 장약을 모두 모았습니다 모두 모여 치솟는 불기둥
을 구경했습니다
모자를 던져 넣고 돌아앉아
장교였던 분과 미래의 우리에 대해 토론했습니다
우리가 ○○의 신이었다고요?

고개 너머에 브라보 포대가 있다고 들었습니다
그러니까 사령부는 이쪽이 맞습니다
뭐 말입니까 저 말입니까
아닙니다
밤입니다
통신보안?
이런 날도 오고

저 친구는 우리가 옳게 가리키고 있는지 손전등을 흔들
어줍니다 지금 소리쳐줍니다
밤이지만
무슨 상관입니까
따뜻했습니다
다시 한번 말씀해주시겠습니까

사각
사각
우리 중 몇은 울먹이며 복창합니다
오줌 비슷한 냄새가 가시질 않네요
포탄은 필요한 만큼 멀어질 것입니다
서로를 위해 기도할 수 있도록 합시다
멀리 계신 분께
이렇게 조용한 때에 곧 섬광 후에 일어날 환상은
망그러지는 박스카의 환상 찢어지는 우리 등줄기의 환상

마지막으로 떠올렸습니다
긴 것은 사실상 영원합니다
망친 뒤에 잊히려는 것은 잘못입니까?
잘 못 들었습니다
잘 못 들었습니다
받으십시오
날아가는 곡괭이와 오함마의 환상 잠자리처럼 길고 영
원한
　등 위의 밤

팸플릿

읽어주세요
오늘은 춥다
그다음 날은 더 춥다
손이 하나만 있었으면 한다
붙들고 있게

읽어주세요
우리에겐 또 밤이 있고
그건 너무 싫다
자꾸 여럿이 되려는 사람
내일은 춥고
다음 날은 더 춥다
주운 것을 만지면서 주운 것을 떠올린다
그다음 날은 더 춥다
갈수록 춥고
들어서 보기를

읽어주세요
공중제비 아래서
우리에겐 또 밤이 있고
공중제비 보면서
더 나은 것을 줍는다

그건 너무 싫다
손 하나만큼은 덜 춥게
손이 하나만 있었으면 한다
들어서 보았다, 내일은 춥고
그다음 날은 더 춥다
공중제비 아래서
우리에게 또 밤이 있고
공중제비 보면서
자꾸 여럿이 되려는 사람

읽어주세요
없는 것이 여기에 있었으면 하자
공중에서 다음 날이 온다
들어서 보기를
읽어주세요
내일은 더 춥고
소리는 더 길어진다, 펼친 손을
들어서 보았다
불을 등지고
읽어주세요
손들이 내려와
붙들리지 않고서
날아가지 않고서

수성

너희가 잘 보인다
칼, 왜 거기에 있니 너는
묻지 말까
그 미약함이 잘 보인다
평원 위에서 빛이 나니까 너희들이
별로…… 끔찍하니
없는 이들을 위해 음식들이 미동 않고 기대하는 것이
무엇인지
알아버렸니
둥근 데에서 말야
너희가 잘 보인다
너희는 아주 긴 어둠
모든 게 없었을 때 모든 게 더 완벽했지, 칼
점점 더 짧아지는 것들의 냄새를 맡고 싶니

맡아도 된다
파티에는 적은 양의 빛이 필요하다
제단 앞에서는 입 열지 않을 요량이니

너는 해자에 있다 칼, 발목을 적시면서 들여다보고 있다
부를까 계속, 불러버릴까 칼, 촛대 앞에서 기절하고 싶니,
저렇게 많은 별 아래서 누가 누구와 같은 소릴 해도 괜찮

왔지 다른 소리를 해도 칼, 탑을 붙드니 왜, 그래도 잘 보
인다, 인간의 말은 조금도 하기 싫고
　이 평원을 차폐하면서
　여기에 계속 있어버릴까

　부엌은 잠겨 있다 가진 건 열쇠뿐인데
　벽 위에 서면 하늘을 배경으로 무수한 화살이 보인다
불꽃을 달고 있지
　너희를 맞으러 갈까, 너희를 맞으러 갈까!
　별의……
　너는 수성 중에 있다
　너희들은 거기에도 없다 너희들은 해 속에 있는데
　일어남이 잘 보인다
　성좌들로부터 구름이 떠오름
　무너질 주둔이 우리 사이에 오감

재생력

나에게도 그런 것이 있었다

어머니가 합격하자 옥상의 아버지가
철조망을 흔들며 기뻐했다
어머니의 차가 트럭 밑으로 들어갔다
트럭에는 수조가 실렸다
수백 사람이 지나갔다

히야……
감탄하는 법을 알려준 이는 아버지였다
다슬기는 비취색이었고

불사하는 두 동물이 나와서 불사하는 만화였다
기묘할 정도로 예쁜 사람이 국을 내왔다
포클레인을 올려다보았다
보고 있지 않아도 움직였다 보고 있으면 움직였고
근처로 사람들이 지나갔다

죽지 않는 법을 알려준 이는 어머니여서
손을 모으고 무한정 내려다보았다
내일은 비취색이었다

깔아서 뭉개지 마시옵고 들어서 올리소서
경탄의 눈으로 세상을 보면
나선 속으로 나를
하해와 같은 음성 가운데
따르시이다
당신은 돌기들을 만지시다가
기억해냈다

왜가리가 조가비를 집어삼킨다
쉬운 모양에서 강한 모양으로
포클레인은 그 색이었고 수조는 그 색이었다
바다 근처 무덤
무덤 근처 식당
아르바이트 구함

엘프 드릴

먹은 것 냄새가 진동하는 문안에서 나와 나도 서로가
된다

좋은 것을 좋은 상자에 넣는다, 극지를 빠져나가는 몇
개 라인마다 서서

명절보다 빠르게 울고 웃으며 붉은빛 초록빛 교대를 지
나며

명절도 비로소 알고, 나오면

된다는 것도 안 나오면 안 된다는 것도 알고 있다 지은
밥으로 불러진 배를

상자 냄새로 더 채우며 이렇듯 연습 중이다 코와 입이
다른 것도 잊고

나무로 만든 상자에 상자를 넣고 상자에

나무로 만든 상자를 넣으면 저것들이

휴일로 실려가는 일을 이렇듯

연습 중이다 트레일러에, 내가 만든 것에 내가 끄는 것에

실려서 가는 일, 가서 나누는 일을, 받아서 내 손으로
이렇게 하면

이어서 내 손으로 저렇게 한다는 약속을

했고, 나 다음에 내가 나오며 이것들이 나의

선물이 아니라는 것도 약속을 했고, 내가 지은 곳에서
내가 나와

내가 지은 곳으로 들어가 나를 짓고 나를 먹는 그런 일

약속을 했다

이것은 산물이고, 이것이 인간의 삶인가? 이것이?

내가 파는 나의 몸을 내 위에 포개며

나를 더 이해하는 연습, 나를 더 불가사의하게 만드는 훈련

이 정도면 되겠지, 그 정도론 안 된다, 이래도 안 될까, 그래도 안 된다

이 이상은 못 한다, 그걸로도 못 한다 울다가 웃었다 이것이?

나를 지키는 것들이 점점 더 깊어지고 더 작아지고

내가 언제쯤 저희를 뜨거운 곳으로 실어 보낼 것인지

기대하고 있다, 점점 더 뜨거운 곳으로, 점점 더 차가운 곳으로, 내가 만든 썰매를 붙들고서, 점점 더 나를 꽉

붙들면서, 내게 오는 것, 내게 오는 나, 뚫려버리는 설화, 내가 되는 것이 무서워, 내가 되는 내가 무서워

무서워? 몇천 번 교차로를 지나면서

우리의 풀 퍼포먼스는 온다

미래관

마음에 대해서는 이번뿐이다
우리가 해변에 딸린 소항구에서 떠오른
조상을 본 이야기다

관광객들이 상점가에서 항구로 몰려들었다
항구에는 낚싯배 따위, 그리 볼 것도 갈 일도 없는데
사람이 떠올랐다는 이야기에
아마도 밤사이 내려왔으리라고, 근처의 강에 대해
난간에 기대 떠들었다 식당 주인은

마음에 대해서는 이번뿐이다
마음의 목이 있다면 마음의 칼로 동강 낼 텐데

마음의 온몸이 마음의 물로 젖는다면, 다시
떠오른 조상을 말하자면
무서운 것은 입이었다 눈보다는
조상의 입에서부터
마음의 연기가 형형색색으로 나오는 듯
마음의 공중으로, 모래사장, 폭죽보다, 눈보다 나은
마음의 배, 마음의 항구, 마음의 관광, 마음의 낙원으로
가는 듯
무서워져서 오래 보지 않으려고 했는데

아무리 봐도 가망이 없고 고개를 돌려도 가망이 없고, 다시

바다에서, 바지선 그림자에서, 그림자 옆 부표에서, 등대에서, 조상의 입 속으로

저것은, 잘못 짜인 저 형상은, 구경거리는

어디에 놓였다가 왜 지금 조사받는가

왜 어제 저 조상이

우리의 저녁 물놀이 멀지 않은 바다에서 일하고 있었다고 별 이유도 없이 생각되는가

튜브를 붙들고 떠내려갔다 밀려오던 우리

사람들이 있는 튜브의 안쪽과 사람들이 없는 튜브의 바깥쪽에 모두 물이 있는 것과 같이

우리는 나중에 마음의 지옥에 간다

조상이 항구에 떠올랐던 것과 같이

파라솔이나 방파제, 등대, 요트, 휴일의 보이지 않는 발, 밤 진열장처럼

안식의 끝으로 가고 마는 것이다

사람이 떠올랐다고 하는 소문과 같이, 무섭고 가망이 없는 일에 우리가 결국 빠져들고

저승도 마찬가지로 버글버글하고, 모래보다 상점보다 밝게

이쪽으로 발사되는 대낮 착시에 이끌려 우리도 떠오른다

고리 모양으로
눈에서 머리카락까지 우리를 찢어발기는 사이렌
그것을 따라나서는 우리 마음의 행진은
이번뿐이다 정말이지 이번뿐
눈보다 어두운 입에 대해
마음으로는 가지 말라고 했고
이것이 이 해변의 법이라고
경고했고, 분명히 가지 말라 했고
우리는 조상의 눈 속에 사람이 없는 것을 확인했다

경악으로부터 상점가로 다시, 안도와 이상한 실망과 함
께 돌아온 휴가가 끝나고 또
이러저러한 질서 정연한 공황 가운데 다시, 무섭고 가망
이 없는 와중에
주검과 조상의 분간을 잃은 우리가 휴가로부터 풀려나,
아니면 더 많이, 아니면 더, 다시
머리에 물을 끼얹어 매일 우리를 깎아내면서
어째서 눈보다 입이 마음을 끌었는지를 돌이켜보면
죽음에 실망한 듯이 굴었던 미래관 때문
우리는 돌다가 갈라지기를 연이을 것이다
이야기를 잊고

확인하러 가자, 우리의 미래관 없음
마음의 작동을, 건져져 마르는 것을 분명히
만지고, 연기 오르고 바지선 움직이고 이 해변의 끝까지
입으로부터 가슴팍까지 우리를 쪼개어놓는 소리가 매해
소용돌이로 데려감에도
마음에 대해서는 이번이 마지막
이번이 마지막이다

셋

엎드린 폐하를 발치에 둔 채
쉽게 말하자면 이상한
활력을 느꼈다

양손을 잡았다가
양손을 놓을 것이다
슬픈 가락이야
양손은 없을 것이다
쳐다보고 있었다
점점 흐려지는 내가
점점 흐려지는 용사를

왜 왔니, 악마들의 우두머리야
왜 와서 항아리와 나무 상자들을 부수었니
신의 집으로 와서 고작

손등을 댔다가
손뼉을 쳤다
찾을 것이다 그토록 찾았으니
손뼉을 쳤다가
발치에 뒀다가
머리맡에 두었다

영공을 이해해버릴 듯이
위로 향한 네 개의 손
어려움이 우리를 인도한 거야

셋
셋
세
쉽게 눈물을 흘리는 이유도 이제는 알지
쓰러지는 용사와
흐려지는 용사로
세계가 그랬던 것보다 빠르게
우리를 찢어버릴 듯

3

플랜 비

여왕의 요람의, 여왕의 내부의, 오래된 플랜
오래된 벌들이 오랜 궤적을 따라 뱃속에 담은
올해의 요새 오래된 노래
저희를 구하시고
그다음에 버리소서

꽃을 껴안고 방문하는 자식들
갓 굳은 계단을 따라 흘러내려가는 양식
태어날 모든 벌레의 이름을 알게 되고
아직 없는 입으로 부를 때에
아직 없는 귀에 속삭인다
우리가 담을 밀겠어요

여왕은 알고 있다 어제와 같이
굴러내려가는 공주의 금색 머리
육각 방에서 녹아내린다 드러난다
새겨진 후렴
심려하지 말라 그리하실 것이라

아니하신다면 이 손으로라도
오래된 벌들이 오랜 궤적을 따라 뱃속에 담은
올해의 성채 오래된 노래

어머님의 무너진 도시가
딸의 내부에서 끓는다
이 방으로 오르는 층계참에서
자식들은 사랑스러워라, 새 벌레들의 비전을 속삭인다

대미망인

눈보라 날이었다
까치발을 했다 진열장 모퉁이를 붙들어 던졌다 바닥에,
첫 경험 뒤에
신이 되고 싶어요, 되고 싶은 것도 잊고 주저앉았다
잔과 상장들이 잔해 위로 교묘한 길목을 냈다
유리 재떨이 너머 잿더미를 들여다보았다
커튼 색깔을 생각해보았다 제라늄 잎을 문질렀다
세제를 부었다 까치발을 했다 잿빛 벌집 꼭지를 쥐고
나갔다 왔다 털고 쓸었다 짰다 갰다 참았다 설탕과
무엇도 버리지 못했다 맡았다 없었다

타일 위에 엎드리면 배와 정강이가 젖겠다 여겼다 이미
그런 줄 잊고
귀뚜라미의 머리를 껴안았다 가슴과 무릎이 젖었다
너는 이렇게나 아름답고, 검고 이렇게나 작구나 너는 살
수 있을까
손을 맞잡고 속삭였다 되고 싶었다 살 수 있을까
엄지와 검지로 집었다 삼켰다 약을, 엄지와 검지로 양말
을
벗었다 우리는 가족이었지 가족이었으니까
그날이었다 벌레의 크기로 벌레의 마음에 갔다
빛이 전구에서 나는 중이었고
사냥철 앞으로 전능한 발자국

우유 운반자

자식이 흥얼거리는 듯도 했고 그 소리는 스피커에서 나는 듯도 했다
새벽에는 분홍 꿈을 꿨다

밥 먹고 나왔다
도로, 눈, 트럭
헤일로를 통과할 때 팡파르

아마 언더스로어

이제 누가 나를 먹일까

그 궤적은 구역에서 제일, 몇 개 별자리를 지나 천국의
식사를 깨뜨려놓았고

신들을 위안하려 지상에서 수억씩 죽는다면

저건 누구의 자식이냐, 그들이 서로 멱살을 잡고 힘쓰다
날이 밝을 때 지상에서 다시 수억, 네가 낳았지? 네 것이
지?

아니지

한다면

공터의 용이 입을 연다 불줄기가 드러난다 드러났는데,
만져지느냐 주둥이 너머 유리 혓바닥은

만져지느냐

새 무리처럼 이착륙하는 자갈밭 사이로, 허공 천 단위
가문과 그 제곱 가축을 납치하는 것, 보이지 않는 발톱과
비늘과, 구름에서부터 첨탑을 때리는 꼬리는

만져지느냐 산 것과 아닌 것 사이의 간격으로

군단아, 군단아

하면서

그 궤적은 구역에서 제일, 아무리 잡아채도 천사 하나
쓰러뜨리지 못하고 하반신 없는 그들 말고
　노인들만 성난 냉각탑처럼, 쓰러지며 집 나온 짐승들만
정지했던 새들만, 몸을 말았다 폈다 죽는 날만 기다리고
　자갈을 쥘 다음 손의 색깔을 모르는데
　내리는 저들은 누구냐

　차고 작은 것
　차고 작은 것 백 개가 일단 보인다

　그 궤적은 구역에서 제일, 걔는 그것을 쫓는 개
　던져지고 있는 것 백 명, 나를 먹일 이 백 명, 마지막에
는 구르고 마지막에는 멈추는 혼들이 이 눈발 속에서 눈
보다 새까맣게, 떼 지어 오느냐, 빛나는 꿈을 박살 내면서
이렇게, 이렇게 오느냐? 아니지

　너희는 근방에 있다 이 자갈 내부에서 이 자갈 내부로
씨름을 하며 있다 가당할까 이 짓, 하염없이 공수되는 무
급의 슬픔을 만지면서
　아마 언더스로어가 땅을 짚은 다음에 팔을 뺀 다음에
　전설의 아마 언더스로어가 청색 구역 너머로 산개하는
구나?

불의 논리

지금은 저 산 너머에 아무 나라도 없다

너도 여기에 왔고
나는 말하고 있다
햇무리를 보면서 마음을 진정시켜보겠니 그러면
불의 논리가 눈멀던 날의 이야기를 해줄까

불의 논리는 귀뚜라미의 허벅지에서 태어났지
이곳의 아직 산 것을 찾아서, 고구마 여럿을 챙겨 출발
했었다
지금껏 휘두른 자루에 쓰러진 것은 몇 개의 말뿐 아니
라 몇 개 민족, 몇 개 생물과 신
널 만나기 전에는
귀뚜라미의 몸뚱이를 환히 짓이겼지 날벼락 같은 계시
가 불의 논리의 입속으로 쏟아져 내리면서

울지를 말어

네가 그때에 조약돌을 쥐고
그다음을 상상하면 안 되는 것이었다 혼자 웃어서도 안
됐지 너는 그렇게 했고, 불의 논리는 나타났다 당신에게서
당신을 낳은 이들의 냄새가 난다 억울하진 않지? 그것은
불의 논리였으니까

너도 그러나 이룬 바가 있었다 네 돌팔매는 구역에서 제일

천국에서의 난리에 대해 들어봤느냐 내가 던지면 몇천 별자리가, 내가 던지면 몇천 눈송이가 떨어졌고 이어진 신들의 눈물과 발작을 들었느냐 그들의 황홀경을, 모두 내가 외팔로 자갈밭을 옮기는 동안 일어났는데 네가 그리 말했고

네 손끝에서 튕겨나간 돌이 불의 논리의 눈 속으로 빨려들어갔으므로

너는 놀랐니

우유를 든 사람이 그 광경을 보다가 뛰쳐나와 머리를 받쳐주자, 어찌 된 일인가요 눈은 둘인데 어째서 어두운가요 불의 논리가 물었고

남은 눈으로 네가 고통을 보고 있기 때문이구나 사람은 자기가 무슨 말을 하는지도 몰랐는데, 몰랐으면서도

조금 이르게, 모든 것이 옳게 되어가는 중이다 이것을 받아 마셔라 목울대를 위아래로 움직이거라 너도 그 불쌍한 모습을 봤겠지 말을 하는 줄도 모르는 모습

불의 논리는 다시 일어났고 미지근한 어둠 속에서 자루는 마침 옳은 궤적을 그렸다 그래 고구마 자루 말이야 너도 봤겠지 그 불쌍한 자루를

미지근한 어둠 속에서, 너는 참회당했지만 어쩐지 하나
가 더 있는 것 같더라니

어느 틈에 컵은 동강이 났고 미지근한 어둠 속에서, 우
유를 든 사람도 피떡이 되어 *내 자식에게 주려던 것이었는
데……* 하고

유언을 남겼다

네가 그 자식이고
그 사람도 흥얼거리며 여기에 왔다
봐라, 깨진 제 머리를 안고 편안히 앉아
모든 것을 아는 듯한 표정이 아니니
조금 이르게
울음이 멎은 지금 너는 궁금히 여기는 듯하다 그러면
불의 논리가 자기를 팔던 날의 이야기를 해줄까

담배의 요정은 갖지 못한 이에게 나타나 담배를 준다
꿈에서, 신 몇은 그가 건넨 담배를 받았다 꿈에서, 아니면
어디서든, 공손치 못하게 한 대 물려주며

한 갑을 줄 테니 한 끼를 팔아라 그것이 이곳의 주의

남은 눈도 터뜨려버린 불의 논리가 허공에 자루를 내밀
며 *백 개라도 드리겠으니, 이 식물의 모든 미래까지 드리
겠으니, 응답해주세요 내가 물고 있는 것은 무슨 색인가요*

요정의 품속에는 신 몇의 하반신이 들어 있었다 혼자
있는 날에 꺼내 보고자, 하지만 격무에 시달리기 때문에,
온갖 잡무들 때문에, 먹고는 살아야 하니까, 흰색이란다
말하며 요정이 라이터의 사용법을 알려주고 어찌 된 일인
가요, 시키는 대로 했는데

거꾸로야 거꾸로 걱정스러워도 별수 없었다 먹고는 살아야 하니까, 불의 논리는 불을 붙이는 데 성공했고 고구마 속의 암흑에서 공중으로, 흰 관에서 입 속으로 연기가 흐를 때 요정은 칼을 꺼냈다 알겠니 칼 말이야

고구마는 달고 아삭한 것

맞아

불의 논리가 니코틴 쇼크로 쓰러져 있을 때 하반신을 잘라 가져간 이는 끝까지 밝혀지지 않고, 물구나무선 불의 소문이 먼저 이곳에 도착한다

잔치가 준비되고 있는 이 정원, 사랑하던 이들 아무도 살아남지 못했고 문고리에 먼지만 쌓여 있다

남김없이 죽은 여기 풀덤불 속에서, 나의 도당들아

불의 논리가 태어나던 날의 이야기를 해줄까

품속의 하반신들이 힘을 모았겠지, 요정이 정신을 차려 보니 그곳은 창가가 아닌가? 당신이 신이요? 묻는 나에게 담배를 권했지만 거절당했고 요정은 예감하면서, 웃으며 다만 이렇게,

당신의 자식은 문을 잠그고
당신은 듣습니다
물과 어둠
속에서 당신의 자식은 부릅니다
죽이지 마세요 죽이지는
당신은 그럴 생각이 없습니다
두려워하라 닥쳐오나니

그럴 생각은 없습니다
닥쳐올 생각

자식은 많습니다 자식은 매일 같은 꿈을 꾸며, 모든 두
께가 망해 없어지길 바라나 금세 제자리로 돌아오는
물과 어둠
속에서 당신의 자식은 합창합니다
돌아오는 달에는 살까
당신은 컵을 들었다가 놓습니다

준비된 우유는 조금 짜고 비립니다
이 시간도 아마 지날 것이나
목소리 모두를 위안해줄 물과 어둠의 끝은 좀처럼 오지
않습니다

그것이 여기로 온다
어떻게 이러한 일이 벌어졌을까 어째서 그러한 일이 벌
어졌을까 국경을 태우며 그것이 오는 지금, 불의 논리가
정지한 날벼락의 그림, 신들의 상반신을 쥔 채 오는 지금,
하나도 빼지 않고 입들이 봉해진 지금, 깨진 내 머리가 이
제 이야기를 마친 지금, 골짜기로부터 발목 위로 넘치는
계시를 보면서, 말해보겠니? 너는
우리가 누구라고 생각하느냐

소동물

이 나라에 다다르자 내가 자동으로 움직였다고 했다
너희 작은 어깨를 밀며
말 같지 않은 소리
말 같지 않은 소리였다

사탕을 주자
볼 속의 곡식을 꺼내 주었다 너희가
나한테 쌀알 같은 똥을 준 이후로는
내가 너희 소동물을 위하여
쳇바퀴를 준 이후로는
사기그릇을 엎으며 우리는 소동물이 아니라고
전혀 아니라고
너희가 절대 말하지 않은 이후로는

키우던 너희를 팔기로 했던 날에
쥐었던 주먹을 살펴보았다
그렇게 작은 코를 보고 있자니
인간은 인간
말을 걸려다 말고
걷잡을 수 없이 잠이 쏟아졌던 것이다

새는 물의 탐지

지하에서 나와 방수된 옥상으로 다니는
저 짐승 털가죽의 위장 무늬
그리고 저 건물 마지막 층의 누수탐지사가
준비하는 사기그릇을

탐지사는 나서기에 앞서 배불리 먹은 뒤 팔꿈치를 펼친다
다
　지하에서 옥상으로, 옥상에서 옥상으로
　탐지사는 설계를 이해한다

붉은 도관 속에 가스는 없을 것이며
스티로폼 화분에도 파는 없을 것이다
저승의 저승 같은 계절이 오느냐?
'모든 것'이라는 생각과 함께
관도 비워지고 옥상은 잠길 것이다
짐승은 떠다닐 것이며
다음 행은 다음 세대에까지 내린다
라고 짐승의 가죽에 적힌 말이
건네준 끼니에 맞춰 씰룩이는 것을

보고 있다 탐지사가 재채기를 하고 손깍지를 밀 때에
무엇으로부터 짐승이 숨어야 하겠느냐?

하품을 하고 두 발을 모으던 그가 머리를 들 때
공중에 맴도는 것
새는 물의 탐지, 말하지 않아
새는
말하지 않아

사월 말일이 되어 순서를 정하고

해마다 큰 홍수가 지나기 전 그 나무에
미끄러지며 올라 밤이 될 때까지 앉아 손가락으로
가리켜 지우며 지붕을 세는 당신

새벽 개의 부드러운 빛깔 이빨을 보는 당신
사랑한다는 사상으로부터
돌아와 가지 위에 눕는 당신
가지들이 부러지는 소리와
입술을 누르는 발바닥, 발톱 몇 개가 차례로 있고
개와 서로 주둥이를 잡으면

뼈만 남은 집 앞에 섰던 당신
뼈만 남은 개가 동물의 뼈를 물고
개집으로 들어가며 꼬리뼈를 흔들었지

바람과 빛이 없어지기라도 한다는 듯이
이 해의 잎처럼 나무 아래로 돌아와
또 전날이 되어 순서를 정하고
주인을 모르는 종족이 되기까지
이어진 것은 엄청난 꿈
내일은 비 오는 아침

하렘

방에 돌아가면 깜짝 놀랄 것이다
거울 앞에서 입을 가릴 것이다

지금 나는 입체교차로 위다
네가 좋아하던 이불은 네 창밖에 있고
내가 좋아하던 것은 다 이 가방 속에 있어서
이 무릎을 부드럽게 누르고 있는 것이다

네가 안고 뒹굴었던 것들 모두 젖고 있다
전국에서
기울어지며 사각으로 벗어난다

저 성스러운 중앙분리대
저 성스러운 들판의 사일로
너는 가끔 몽둥이를 들고 왔다

미소 뒤에는 송전탑
빈 둥지에는 가벼운 뼛조각
위에 있는 것 그 위에 있는 것
아래에 있는 것
바닥에는 썩은 깃 속을 기는 우리가
우리의 타오르는 얼굴이 있다

멀어서 느린 속도로

알았다 우리는 내 것

내가 좋아했던

하렘의 홰들

위에

재의 천막 치러 가는 길에

템플

감정을 억누르고 그 대리를 찾지도 말 것이며
이지의 광선이 다만 폭도처럼 나아가게 하세요
어두운 마음은 버스 속의 소대처럼 대기하게 하시고
먼저 이 크림빵을 다 먹고
진압할 거야 다
하게 두세요

먼저 둘러앉아 세상을 보면
빛의 성게로 가득한 나선 수족관 같고
가시 속의 눈과 배꼽을
점토로 된 손등으로 만들려는 것 같고
재료라고는 물과 모래뿐이며 돌아가는 관절은 하나뿐인
것만 같다
개 오줌 눈 것 같은 자국이나 남기고
좋아 죽으면서 퇴장
하는 것만 같다 다

안 되면 되게 하십시오
심판은 하느님께 맡기고
모조리 죽이십시오
불가능을 가능으로
하면

됩니다
꿈같은 적의 말이라도 끌고
오십시오 양 겨드랑이에 손을 넣어
일으켜 세우십시오
눈을 가려주십시오
시선을 뿜는 두 눈을
관자놀이에서부터 가려주십시오
상륙하는 후손들이 보입니까
손가락이 구부러지고요

그럴 필요도 없는데
물음이 있고 대답을 한다
머리를 내려놓은 생물 대오
비 오는 상점가를 지나서 왔다
처음 오는 회당에 많이 모여서
사람 새끼냐, 쓸모없는 일, 빗대어 말하고 울면서 욕하고
그만둡시다, 그만둘 수 없으면서, 있을 리 없는 것을 지
으려 들고
높이 난 창을 자꾸 보고
들이닥치는 시간도
예상할 수 있다

바리케이드

새들은 먹빛, 내려왔다가 가지를 문 채 또 상승하고
나무 어둠 속에 모여
생물의 것이라 믿을 수 없는 소리로 외치고 있다

구름이 저 방향에서 이 방향으로
따라 가리키면
저 사람도 야광 띠를 두르고 쏠면서 간다

골목의 유턴
그것은 자신의 꽁지깃을 향해 도망치는 측량 불능의 힘
목하, 큰길로

그것의 양 눈에서 뿜어져 나오는 광선
어딜 보는 것이냐, 내려와 가지를 물고 또 우는
새들은 대가리를 관통당한 것 같다
앞일을 보시는지

로맨스

어제 기사들은 깃발을 들고 걸어서 갔다
구하지 못한 이의 목을
거꾸로 들고 벌인 퍼레이드
목 속에는 아직 하지 못한 생각들
기사들은 원한 적 없이 선하게 되어
전쟁 없는 도시를 순회한 지 백 년
용도 본 일이 없고, 창밖으로 경례
그들의 가려진 눈 오늘 다시 가려지며
듣기로는 적국이 있다고, 그런 것이 앞쪽에 있다고
들었고 칼은 계속 꽂혀 있다

어제 기사들은 깃발을 들고 구한 적 없는 이의
성채까지 갔다 아직 지어지지 않은 성채
들어가기 전에 지킬 것이 사라진
성채 앞에서 사랑하노라! 외쳤고, 대패! 로맨스는 생겨
났다
우리의 무용담을 들어보지 않겠어?

장갑이 밝게 빛났다 그 속에서 우리를 이끌었던 힘
다시 올 거야 그때까지 안녕 이 도시의 바깥으로
접근할 거야 그때 구해줄게 잘 살거라
우리가 만나지 않기로 한 그날

우리가 앞쪽에 도착했다는 소식에
귀 기울였다 그때까지 아마도 그날까지 분명히
앉아서 기다리지 않으면서
보이지 않는 연인들아 어디에 있니
죽을 수 없는 친구들아 어디에 있니, 했다
올라타는 그대들

텔레파시

교독하시겠습니다

출발하자마자 한없는

조립이 이루어진다

앙카들이 꽂히기 전에

못 위로 사막이 덮인다

딱정벌레처럼 놓이지 않은

딱정벌레들이 드러나면서

밭을 지나는 사람의 무리를

더 먼 경로로 인도한다

쉼 없이 가야만 이곳의 은은함도 달성된다

머리카락 같은 微微함을 잇대어

만들어야만, 결합된 가슴과 같이

완전한 곤충의 형상과 같이

풍경도 반사를 갖춘다고

흐르지 않는 땅에 닿으면서는 사람이 아무것에도 대지
않고 말한다고 들었다

그리고 꽃 속에 머리를 처박은

저희의 배와 날개는 으스러지기 알맞다

눈구멍보다 검게 창자 속보다 검게

탄환처럼 콩알처럼 도드라진 몸통들

고전 위에 엎드린 너와 내가 읽는

(다같이) 총 연합 번역

깃대 내려지고

움직인 사구들 사이로 나타나는 송유관

폭발은 정답게

환영은 뜨겁게

입체를 누른다고 들었다

종소리

관 뚜껑 열고 나왔더니 밝다
공산……
벌레들이 흩어졌다
비탈에 무릎 꿇고서
오래 오줌 누고 싶었다
너도? 너도, 너도
흙을 뱉으며 우리는 도시 쪽으로 걸었다

까치 떼가 따라왔다 연기가 올랐다
슬픔이 없어서 좋았다고 지금은 떠올린다
너도? 너도
떨리지 않네 떨리지가 않아
이것은 옛 생물의 몸통이었고 이것은 옛날에는 잎사귀
이것은 이제

천국에 계실 분들
이끌어주세요 청원해주세요 엎드려 빌기라도 하세요
큰길 복판으로 우리가 팔 흔들며 지날 수 있도록
아무 말씀도 없으셔 좋다
아무것도 낳지 않을 거란 노랠
목청껏 불렀다 지금은 배가 없고
목구멍도 없다 그것을 손에 넣으러 가는 길

너도?
몰라서 없는 줄 알았던 것들, 퓟기 같은 것들

강물이 정적 속에서 철교가 정적 속에서
눈구멍을 더듬으면서
우리가 전설이 되지 않을 것이라 속삭였다
숯이 된 손 따라 함마가 옮겨졌고
눈물을 부숴버릴 거야, 강변의 모든 것과
지하의 옛집으로 가는 길까지

우리를 너무 많이 봐 우리가
우리처럼 되었는지
자세를 잡은 우리도 이미 본 적이 있는 듯
훔칠 수 있는 건 모두 훔쳐서
태울 수 있는 것 모두 태웠다
우리는 앞에서 외쳤고
뒤에서 외쳤다 연장 아래서부터
작은 생물들이 빠르게 달아나
망설이다 놀랐다, 어째서 보다 좋은 다음이
계속 떠오르는 것일까
지금

길고 큰 정적 속에서
너희를 데려가면서, 새들아
악마 같은 감정 하나를 얻었다 금을 녹이는 기쁨
떨리지가 않네 떨리지를 않아
네거리 바닥에 대고 외치고 싶었다 다 끝났다고

다 끝났다고
없는 눈으로 돌아보면 유령 입김
물 쪽으로 빛이 밀렸다
너도? 너도, 너도
이 소리를 멈춰주세요, 하며
자루를 누르고 얼음을 깨물 때
폐허도 일어서는 중

핑키

긴 비가 내일 끝난다
부스의 거미에게 아이들이 돌을 던진다
백 년이나 천 년만 더 살았으면 좋겠다
이렇게 젊은 채로

일기

너는 생긴 대로 논다는 이야기를 들으면서
나라들을 돌아다니며
모국들을 연이었다
울지 마 평의회야
인간을 위했던 게 잘못만은 아니야
물살 속에서 등허리를 세우고
부드러운 머리통들을 안은 평의회야
생존한 네가 태어난 평의회에게 손을 뻗고
자세의 평의회로 형상의 평의회로 붙잡혀
이름과 모습이 비밀 축에도 들지 않는
전설적인 평의회인, 적이 없는 평의회를
낳고, 은퇴한 평의회인, 네가
인간들아, 인간의 말을 가져오라! 하면
기절한 막대기들이 떠내려왔었다
데모
레코딩
데모
평의회가 수면을 만지는 사이에
평의회는 들통 속에 있고
평의회를 건져내려는 것들이 있는데
오, 네가 나와 구분되지 않는구나, 구분되는구나
울지 마 평의회야 그것은 네 잘못이 아니고
나의 잘못도 아니다

존엄사에서 깨어나기

유리문을 밀면서 나왔고, 놓으며 다시 들어갑니다.

폭탄을 품에 안고 향하는 곳은 반짝이는 악마가 있는 곳, 너는 용기가 있는 친구로구나, 멀어지는 소리가 옵니다

울림이 있는 곳은 이곳의 바깥, 이번만큼은 않겠습니다, 죽지를, 다시 찬바람과 함께 온 것은 치통이고, 저는 지금 존엄사에서 깨어납니다

도구를 품고서, 기대어 굴렀던 곳에는 중단 없는 지옥의 전진이 있었습니다 서서히 그리하고 있는 곳에서부터 깜빡이던 제가, 소리 내어 읽던 제가 있었습니다 무슨 말인지 모르겠구나, 저도 그랬습니다 그것은 제가 아는 소리

이제라 써놓고 나면 아무래도 좋았습니다 이제 깨어나는 것은 시간, 이렇듯 정확한 가슴을 얻은 채로, 성난 사람들 사이에서, 똑바로 보렴, 폭풍 같았던 가난을 통과한 악마가, 기절로부터 눈뜨는 모습을, 똑바로 보고 있는 것은 떠오르는 함이고, 열리는 것입니다 바로 보렴, 바로 보면

이것은 글자이고 저것은 그대입니다 그대의 눈과 눈 아래의 코가 보입니다 재 속에서 보입니다, 그대의 날숨이 입으로부터 나오는 것이, 저의 손은 시리고 그대의 폐는 그대의 것, 기절로부터 눈을 뜨는 그대

이곳에 누워 회전하고 있는 것은 몇 번째인가의 저고, 이제 마지막을 바람은 나쁜 일이 아닙니다 조금 더 빠르게, 제발 더 빠르게, 마지막은 나쁜 것이 아닙니다 끝난

너머까지 움직이지 않으면 닿지 못한다고들 하고, 훗날 따위를 어찌 알겠습니까마는, 피돌기는 손끝까지만 가는 것이고, 이곳에 누워 회전하고 있는 것은

회전하는구나, 저와는 관련이 없습니다 광선의 친구들이 이전에 있었고 이제는 아니네, 이제 깨어나는 것은 시간, 암요, 그렇게 됩니다 저의 적들이 오는 것이 보입니다 저기 저의 적들이, 물건은 법칙을 따라 휘어지는 것, 저는 펴지는 접니다

신은 신, 그대는 그대, 그대가 반짝임을 바라보고 있을 때 우리는 드디어 입을 여는 우리, 자연도 힘껏 슬퍼합니다 우리가 나아가고 있을 때 저는 저, 용기는 용기, 밀리는 것은 당기는 것, 이것이 저의 마지막, 존엄사에서 깨어나기

지은이 하혜희

쓰이거나 쓰임 없는 이야기의 가공인물. 『더 멀리』 4호로 활동 시작,
『던전』에서 「데모(데모)」를 연재했다.

데모

초판 1쇄 발행   2022년 5월 23일

지은이   하혜희

발행인   박지홍
발행처   봄날의책
등록   제311-2012-000076호(2012년 12월 26일)
주소   서울 종로구 창덕궁4길 4-1, 401호
전화   070-4090-2193
전자우편   springdaysbook@gmail.com

기획·편집   박지홍
디자인   전용완
인쇄·제책   인타임

ISBN 979-11-86372-95-1 03810

표지 작품은 김민 작가의 사진 연작 〈메이데이〉(2015) 중 하나입니다.